AF591819

LA ROSE
OU LA FESTE
DE SALENCY.

La même peine qu'on prend à détracter les hommes vertûeux, je la prendrois volontiers à leur donner un tour d'épaule pour les hausser.... C'est l'office des gens de bien de peindre la Vertu la plus belle qu'il se puisse.

Essais de Montagne.

L'INNOCENCE
DU
PREMIER AGE
EN FRANCE.
ævo rarissima nostro
Simplicitas. Ovide de Arte amandi
Chez De Lalain
a Paris
1768.
J. M. Moreau le Jne 1768.

A MADAME

LA COMTESSE DE G***.

MADAME,

CETTE *Fête de la Rose, si connue aujourd'hui en France, je l'ai vûe ignorée à trois lieues de Salency. Je vous ai entendu lui donner les premiers éloges. C'est à vous,* MADAME *qu'elle doit sa nouvelle célébrité. Combien vous la rendiez intéressante ! J'ai crû d'abord (séduit par le plaisir que j'avois à vous entendre) que rien n'étoit plus aisé à traiter que ce sujet ; mais quand il a fallu prendre la plume, j'en ai senti la difficulté. Des caractéres simples & vertueux, l'intrigue la moins compliquée, l'amour le plus délicat, un intérêt toujours doux, & des peintures riantes de la Campagne, telles que sçait les rendre le Pinceau charmant & toujours vrai de M. Greuse* *, voilà ce qui doit en-*

* Quels remerciemens ne dois-je pas à ce Peintre célébre ! Que je me félicite d'avoir échauffé son génie sur la Fête de la Rose ! Il a voulu que son Crayon l'immortalisât.

trer dans un pareil Ouvrage. Qu'y aura-t-il de ſaillant pour les trois quarts de mes Lecteurs ? Le plus grand attrait pour eux ſeroit cette coquetterie de l'eſprit qu'ils prennent pour du ſentiment, & qui leur plairoit bien moins ſi elle lui reſſembloit davantage. Coment les intéreſſer ſans des mœurs & des intrigues qui reſſemblent à celles des gens qu'ils connoiſſent, ſans ce mélange, ſi flateur pour eux, de légéreté, de perſiflage, de gaieté & de métaphiſique ?

Ce n'eſt pas cependant qu'un Ouvrage écrit d'un ſtyle très-ſimple, ne puiſſe avoir encore du ſuc-

cès ; mais il faudroit que le naturel fût revêtu de ces graces aimables, de ces saillies vives, de ce tour d'esprit qu'on admire en vous, Madame, sans pouvoir les imiter. Pardonnez si je m'exprime de la sorte. Je n'ai point l'art d'embellir ce que je dis. Je ne sçais point d'une vérité, faire un compliment.

Je suis, avec un profond respect,

MADAME,

Votre très-humble & très obéissant serviteur, SAUVIGNY.

ECLAIRCISSEMENS
SUR
LA FESTE DE LA ROSE.

L'INSTITUTION de la Fête de la Rose est très ancienne, on l'attribue à Saint Médard, Évêque de Noyon, qui vivoit dans le cinquiéme Siécle de notre Ere, du tems de Clovis. Ce bon Évêque, qui étoit en même tems Seigneur de Salency, Village à une demie lieue de Noyon, avoit imaginé de donner, tous les ans, à celle des Filles de sa Terre qui jouiroit de la plus grande réputation de vertu, une somme de 25 livres, & une Couronne ou Chapeau de Rose : on dit qu'il donna lui-même ce Prix glorieux à l'une de ses Sœurs que la voix publi-

* Cette Lettre est tirée de l'Année Littéraire, Numero 19. (1766.)

que avoit nommée pour être *Rosiere.* On voit encore au-dessus de l'Autel de la Chapelle de Saint Médard, située à une des extrêmités du Village de Salency, un Tableau où ce Saint Prélat est représenté en habits pontificaux, & mettant une Couronne de Rose sur la tête de sa Sœur qui est coëfée en cheveux & à genoux.

Cette récompense, devint, pour les Filles de Salency, un puissant motif de sagesse ; indépendamment de l'honneur qu'en retiroit la *Rosiere*, elle trouvoit infailliblement à se marier dans l'année. Saint Médard frapé de de ces avantages, perpétua cet établissement. Il détacha des Domaines de sa Terre, onze à douze arpens dont il affecta les revenus au payement des 25 livres, & des frais accessoires de la Cérémonie de la Rose.

Par le Titre de la Fondation, il faut non ſeulement que la *Roſiere* ait une conduite irréprochable, mais que ſon Pere, ſa Mere, ſes Freres, ſes Sœurs & autres Parens, en remontant juſqu'à la quatriéme génération, ſoient eux-mêmes irrépréhenſibles : la tache la plus légére, le moindre ſoupçon, le plus petit nuage dans ſa famille, ſeroit un titre d'excluſion. Il faut des quatre, des huit, des ſeize quartiers de Nobleſſe pour entrer dans certains Ordres, dans certains Chapitres; des quartiers de probité, de mérite réel, ne vaudroient-ils pas mieux que ces quartiers de Nobleſſe, mérite de préjugé ?

Le Seigneur de Salency a toujours été en poſſeſſion, & ſeul jouit encore du droit de choiſir la *Roſiere* entre trois Filles natives du Village de Salency, qu'on lui préſente un mois d'avance. Lorſqu'il l'a nommée, il eſt obligé de la faire annoncer au Prône de la Paroiſſe, afin que les autres Filles, ſes rivales, ayent le tems d'examiner ce choix, & de le contredire s'il n'étoit pas conforme à la juſtice la plus rigoureuſe. Cet examen ſe fait avec l'impartialité la plus ſévére; ce n'eſt qu'après cette épreuve que le choix du Seigneur eſt confirmé.

Le 8 Juin, jour de la Fête de Saint Médard, vers les deux heures après midi, la *Roſiere* vêtue de blanc, friſée, poudrée, les cheveux flottans en groſſes boucles ſur les épaules, accompagnée de ſa Famille & de douze Filles auſſi vêtues de blanc, avec un large ruban bleu en baudrier, auxquelles douze Garçons du Village donnent la main, ſe rend au Château de Salency au ſon des Tambours, des Violons, des Muſettes, &c. Le Seigneur, ou ſon Prépoſé, va la recevoir lui-même; elle lui fait un petit compliment pour le remercier de la préférence qu'il lui a donnée; enſuite le Seigneur, ou celui qui le repréſente, & ſon Bailli, lui donnent chacun la main, & précédés des Inſtrumens, ſuivis d'un nombreux cortége, ils la ménent à la Paroiſſe, où elle entend les Vêpres ſur un Prie-Dieu placé au milieu du Chœur.

Les Vépres finies, le Clergé ſort proceſſionnellement avec le Peuple, pour aller à la Chapelle de Saint Médard : c'eſt-là que le Curé, ou l'Officiant bénit la Couronne, ou Chapeau de Roſe, qui eſt ſur l'Autel : ce Chapeau eſt entouré d'un ruban bleu *

* Louis XIII. ſe trouvant, il y a cent cinquante ans, au Château de Varennes, (il appartient aujourd'hui

& garni ſur le devant d'un Anneau d'argent. Après la Bénédiction & un Diſcours analogue au ſujet, le Célébrant poſe la Couronne ſur la tête de la *Roſiere* qui eſt à genoux, & lui remet, en même tems, les 25 livres en préſence du Seigneur & des Officiers de ſa Juſtice.

La *Roſiere* ainſi couronnée, eſt reconduite de nouveau par le Seigneur, ou ſon Fiſcal, & toute ſa ſuite, juſqu'à la Paroiſſe, où l'on chante le *Te Deum* & une Antienne à Saint *Mé-*

à M. le Marquis de Barbançon) près Salency, M. de Belloy, alors Seigneur de ce dernier Village, ſuplia ce Monarque de faire donner en ſon nom cette récompenſe de la vertu. Louis XIII. y conſentit, & envoya M. le Marquis de Gordes, ſon premier Capitaine des Gardes, qui fit la Cérémonie de la Roſe pour Sa Majeſté, & qui, par ſes ordres, ajouta aux Fleurs une Bague d'argent & un Cordon bleu. C'eſt depuis cette époque que la Roſiere reçoit cette Bague, & qu'elle & ſes Compagnes ſont décorées de ce Ruban. Tous ces faits ſont conſtatés par les titres les plus autentiques.

dard, au bruit de la Mouſqueterie des jeunes gens du Village.

Au ſortir de l'Egliſe, le Seigneur, ou ſon repréſentant, méne la *Roſiere* juſqu'au milieu de la grande rue de Salency, où des Cenſitaires de la Seigneurie ont fait dreſſer une Table garnie d'une nappe, de ſix ſerviettes, de ſix aſſiettes, de deux couteaux, d'une ſaliere pleine de Sel, d'un lot de Vin clairet en deux pots, (environ deux pintes & demie de Paris) de deux verres, d'un demi lot d'eau fraîche, de deux pains blancs d'un ſol, d'un demi cent de Noix, & d'un Fromage de trois ſols. On donne encore à la *Roſiere*, par forme d'hommage, une fléche, deux balles de paume, & un ſiflet de corne, avec lequel l'un des Cenſitaires ſifle trois fois avant que de l'offrir : ils ſont obligés de ſatisfaire exactement à toutes ces servitudes, sous peine de soixante sols d'amende.

De-là toute l'Assemblée se rend dans la Cour du Château sous un gros arbre où le Seigneur danse le premier branle avec la *Rosiere* : ce Bal champêtre finit au coucher du Soleil. Le lendemain, dans l'après-midi, la *Rosiere* invite chez elle toutes les Filles du Village, & leur donne une grande collation, suivie de tous les divertissemens ordinaires en pareil cas.

Voilà, Monsieur, l'origine & les détails de la Fête de la Rose ; le récit seul vous aura sans doute intéressé. Il est donc encore un endroit sur la terre où un Chapeau de Rose est regardé comme le prix le plus honorable & le plus flateur qu'on puisse donner à la Vertu ! Vous ne sauriez croire, Monsieur, combien cet établissement excite à Salency l'émulation des Mœurs & de la Sageſſe. Tous les Habitans de ce Village, compoſé de cent quarante-huit feux, ſont doux, honnêtes, ſobres, laborieux. Ils ſont environ cinq cens, ils n'ont point de Charrue: chacun bêche ſa portion de terre, & tout le monde y vit ſatisfait de ſon ſort. On m'aſſure qu'il n'y a pas un ſeul exemple, pas un ſeul, dans toute la rigueur du terme, je ne dis pas d'un crime commis à Salency par un naturel du lieu, mais même d'un vice groſſier, encore moins d'une foibleſſe de la part du Sexe, tandis que tous les Payſans des environs ſont auſſi brutaux, auſſi vicieux qu'ailleurs. Quel bien produit un ſeul établiſſement ſage! Eh! que ne feroit-on pas des hommes en attachant de l'honneur & de la gloire au mérite & à la vertu! Il ne manqueroit plus à notre corruption que de jetter du ridicule sur la Fête de la Rose, & sur le plaisir pur qu'elle doit faire aux ames honnêtes & sensibles.

Les Ouvrages périodiques ont publié ce qui s'est passé à la Fête de la Rose en 1766. On a donné à M. de Morfontaine les justes éloges que mérite la Fondation à perpétuité qu'il a faite pour les Rosieres.

L'Innocence du premier Age en France sera divisée en trois parties. La premiére contient *l'Histoire Amoureuse de Pierre le Long*, avec *un Discours sur la Langue Françoise*. La deuxiéme, *La Rose*, ou *la Fête de Salency*, & *l'Isle d'Ouessant*. La troisiéme, *Les Hautponnois*, ou *les Habitans des Isles Flottantes*. Il sera fait mention, dans cette troisiéme Partie, du fameux Village d'Auvergne, & de celui de la Lorraine où les Habitans vivent en commun. On prie ceux des Lecteurs qui ont connoissance de pareils usages en France, de vouloir en donner avis par la voie du Libraire.

AVIS DU LIBRAIRE.

Il y a deux fautes d'impression, entr'autres, dans l'Isle d'Ouessant, très-marquées.

Page 68. Je vous quitte pour toujours, pour toujours peut-être. *Suprimez la répétition & lisez*, Je vous quitte ... pour toujours peut-être ...

Page 80. Dans une Cave immense. *Lisez*, dans une Caverne immense.

J.B. Greuze inv. 1768. J.M. Moreau le Jne Sculp.

Cruels, c'est votre Loi qui le fait mourir, reprenez cette Couronne.

LA ROSE,

OU LA FESTE DE SALENCY.

LIVRE PREMIER.

Réjouissance de Salency. Entrevûe de Bazile & d'Anselme. Récit des amours de Bazile.

TOI, dont la voix ingénue se fait moins entendre sous les lambris dorés que sous les toits couverts de chaume! toi, qui m'as fait contempler souvent avec un si tendre intérêt, les travaux

& les plaiſirs des habitans des campagnes ! Viens, ô touchante Senſibilité, compagne de la Candeur & de la Paix ! viens, prêtes à mes écrits ta douceur & tes charmes : daigne échauffer mon cœur de ce feu pur & ſacré qui anima deux amans heureux.

Le Soleil avoit fourni la moitié de ſa carriere, lorſque Bazile, jeune Laboureur d'un hameau voiſin, arriva ſur la hauteur qui domine le village de Salency. Son cœur palpitoit depuis longtems ; il avoit à peine la force de marcher. Tout à coup ſes yeux ſe rempliſſent de larmes. Il ſe trouble, il s'arrête, il ſoupire en s'écriant : » que vous » m'avez été cher & funeſte, ſéjour » aimable que je revois ! »

Cependant il aperçoit tous les habitans de Salency en mouvement. Il voit des groupes d'enfans épars çà & là folâtrans & courans. Il entend les voix légeres des jeunes filles qui, la tête & le sein parés de fleurs, dansent en rond autour d'un vieux chêne. Là se font les préparatifs d'un festin champêtre. Plus loin sont des vieillards dont l'ame satisfaite se peint sur leur front épanoui. Assis sur les pierres qui bordent leurs maisons, environnés d'une nombreuse famille, ils prennent gaiement leur repas; &, la coupe à la main, redoublent la joie des convives. Le vin qui coule à longs flots, le délire des amans qui tapissent de fleurs les siéges de leurs jeunes maîtresses, la gaieté naïve qui éclatte de toutes parts, tout annonce un jour que l'usage consacre aux innocens plaisirs.

Quoique déja Bazile eût demeuré à Salency, la haute idée qu'il avoit conçue de la sagesse des habitans lui fit d'abord regarder d'un œil étonné la douce ivresse de leurs cœurs. Comme si le plaisir devoit être le partage de l'oisiveté, plûtôt que la récompense du travail & de la vertu.

De l'étonnement Bazile passa bientôt à l'émotion la plus tendre. Il ne put revoir ces lieux sans se rappeller celle à qui son cœur autrefois s'est donné. Déja même il s'abandonnoit aux réflexions les plus sombres, lorsque l'approche d'un vieillard vénérable le fit sortir de sa rêverie. Ce vieillard levoit un front sérein, ses longs cheveux, frappés des rayons du soleil, renvoyoient l'éclat & la blancheur de la neige; il montoit lentement la coline & marchoit encore d'un pas ferme.

Bazile courut à lui; il le serra longtems dans ses bras. » O cher Anselme!

disoit-il, » que je suis heureux de vous » revoir ! «

» Quoi ! C'est vous, Bazile ? répond le vieillard en l'embrassant. » Pourquoi depuis deux ans nous avez-vous » quittés ? Vous nous aviez tant promis, mon fils, de passer vos jours » avec nous. «

» Hélas ! que ne l'ai-je pû, » s'écria Bazile ! » Le ciel ne l'a pas voulu. » Daignez m'entendre. Il y a peut-être un peu de honte à faire l'aveu » de ses foiblesses : mais je sens que le » plaisir de vous ouvrir mon cœur, » adoucira mes peines. «

Ils s'assirent sur la verte pelouse ; & Bazile poursuivit en ces termes.

» L'innocence & la paix dont on » jouit parmi vous m'inspirerent l'envie de m'y fixer. Vous souvient-il » de ce jour où le pere d'Émée reçut

» chez lui les plus notables du village?
» Ce fut au festin qu'il nous donna que
» je vis Émée pour la premiere fois.
» Elle comptoit à peine quatorze prin-
» tems. Elle étoit déja la plus belle des
» filles de Salency. «

» Débarassée des soins qui l'avoient
» occupée, elle vint, sur la fin du re-
» pas, se présenter aux yeux des con-
» vives. Cher Anselme! je la vois en-
» core vêtue de blanc, la tête ornée
» de marguerites & de jasmins. En-
» tourée des jeunes filles de son âge,
» elle étoit comme un lys éclatant au
» milieu des simples violettes. Elle te-
» noit entre ses mains une Corbeille
» remplie de Fruits. Émée a je ne sçai
» quoi de naïf & de gracieux qui invi-
» te à l'aimer. Je la vis s'avancer près
» de moi, & placer, en rougissant, sa
» Corbeille de Fruits sur la table. Je vis

» ses yeux, timidement baissés, s'en-
» trouvrir avec une aimable langueur.
» O, que j'éprouvois un charme déli-
» cieux! Que mon cœur étoit tendre-
» ment émû! Les regards d'Émée sont
» si doux. Elle les tourna de mon côté
» comme par hazard, mais avec une
» modestie si vraie, si imposante, que
» j'éprouvai tout à coup autant de
» crainte que d'amour. »

» On dit que l'on porte au fond de
» son cœur l'image de l'objet que nous
» sommes prédestinés à aimer; je le
» crois: je l'ai senti. Oui, sans doute,
» elle étoit déja connue à mon cœur. »

» Sa mere prenoit le trouble où j'é-
» tois pour une distraction. Elle or-
» donna à sa fille de m'en faire des re-
» proches: & la bouche d'Émée, qu'un
» doux sourire animoit, s'ouvrit pour
» m'adresser la parole. »

» Quand j'aurois pû résister au char-
» me de ses regards, le seul son de sa
» voix m'auroit enflammé. Comme
» il faisoit tressaillir mon cœur ! Com-
» me il le pénétroit !... Il raisonnoit
» si doucement à mon oreille ! »

» J'osai m'approcher pour mieux
» l'entendre. O volupté pure ! ô plai-
» sir inexprimable ! sa douce haleine
» vint jusqu'à moi : elle rafraichissoit
» mon haleine enflammée ; & je sen-
» tois comme un baume delicieux qui
» se répandoit dans mes veines. »

» Cependant je me rappellai la loi
» des Salenciens, cette loi qui défend
» aux filles, nées parmi eux, de pren-
» dre des étrangers pour époux. Cette
» loi sévére s'opposoit à mon pen-
» chant pour Émée. J'en prévis les
» suites. Je fus effrayé du danger. Il
» ne me restoit plus d'autre moyen de

» recouvrer ma liberté, que de fuir sa
« présence. Je me bannis pour long-
» tems d'un séjour qui m'étoit devenu
» si cher. Je fis plus; je quittai la de-
» meure de mes Peres, trop voisine
» encore d'un lieu où je n'avois pas eu
» le bonheur de naître. »

» J'ignore si l'absence est le reméde
» le plus sûr contre l'amour : Hélas!
» je sens bien qu'il est le plus cruel. »

» Enfin j'ai crû pouvoir revenir dans
» le sein de ma famille : & déja, depuis
» deux mois, je m'applaudissois de ré-
» sister au charme du voisinage de Sa-
» lency. Mais la mort d'un Oncle de
» mon Pere a élevé entre ses Enfans
» des contestations. L'intérêt alloit
» les diviser. Ils ont voulu s'en rap-
» porter à l'homme dont le jugement
» & l'intégrité sont le plus estimés dans
» nos cantons. C'est le pere d'Émée

» qu'on a choisi pour arbitre : voilà
» comment les ordres de mon pere
» m'ont forcé de rentrer dans des lieux
» si dangereux pour moi. »

» O vertueux Anselme ! je sçais que
» chaque année vos vieillards choisis-
» sent parmi les jeunes Salenciennes,
» celle dont la sagesse est la plus re-
» connue, pour lui donner une Cou-
» ronne de Roses. Je sçais que, pour
» y prétendre, elles doivent renoncer
» à l'homage d'un étranger. Vien-
» drois-je proposer à Émée de me faire
» un si grand sacrifice ? «

Ainsi parla Bazile : & les soupirs le suffoquoient. Le vieillard compatissant s'attendrit sur les maux de ce jeune étranger. Il confondit ses larmes avec les siennes ; puis il parla avec une éloquence si douce, qu'il affermit le cœur de Bazile dans la résolution de vaincre son amour.

Anſelme ajouta que cette Fête, où d'innocentes beautés ſe diſputent la Couronne de la Sageſſe, & l'homage des cœurs délicats, la fête de la Roſe ſeroit célébrée dans trois jours; que c'étoit lui qui devoit y préſider; & que la belle Émée étoit du nombre des aſpirantes.

Le vieillard, à ces mots, ſe leva. Il quitta Bazile pour aller dans une Ferme voiſine, & Bazile prit le chemin de Salency.

Fin du premier Livre.

LIVRE II.

Arrivée de Bazile à Salency. Danſe d'Émée avec Alexis. Repas où chantent Émée & Bazile. Mariage d'Alexis & d'Émée propoſé.

Le pere d'Émée prévenu de l'arrivée de Bazile, l'attendoit à l'entrée du village, & le reçut avec les témoignages d'une tendre amitié. Ils donnerent les premieres heures à l'affaire qui intéreſſoit les parens de Bazile. Puis Roger (ainſi ſe nommoit le pere d'Émée) invita le jeune étranger à venir aſſiſter aux jeux des habitans de Salency.

Émée danſoit alors avec le jeune Alexis. Roger apprit à Bazile qu'Alexis, fils du Laboureur le plus conſidérable, lui avoit demandé ſa fille en mariage. Bazile, à ce discours, ne put se défendre d'un mouvement secret de jalousie. Il voit, avec dépit, Alexis exprimer naïvement son amour par ses gestes & par ses regards. Il le voit, avec plus de dépit encore, prendre Émée, la soulever dans ses bras. Vertueux Salenciens! la décence sévére régne plus dans vos cœurs que dans vos actions. Ah! cette douce familiarité n'en fait voir que mieux l'innocence de vos mœurs.

Alexis avoit élevé la jeune Émée avec plus de transport que d'adresse. Elle tomboit sans son agilité. Le ruban qui nouoit ses cheveux, se détache; ils descendent avec grace jusqu'au dessous de sa ceinture. Un rouge éclatant colore son visage: un embarras timide ajoute encore à ses charmes.

O Bazile! quelle joie ressentit ton

cœur lorſque, d'une voix unanime, on la pria de continuer ſa danſe ſans relever ſes blonds cheveux ? Epars & flottans, ils ſembloient brunir & changer aux rayons du jour, comme le col nuancé de la tendre tourterelle.

Un feu pénétrant échauffe le ſein de Bazile, & déja il porte ſur Émée des regards avides. Il les fixe ſur ſa taille raviſſante : il épie avec volupté tous les mouvemens de ſes bras arondis, de ſes pieds délicats, de ſon corps délié qui s'agite. Juſqu'au déſordre de ſa chevelure qui voltige, juſqu'aux plis ondoyans de ſa jupe qui s'éléve, tout en elle lui offre des graces touchantes, tout l'émeut, le ravit, le tranſporte.

Une Dame d'un village voiſin de Salency étoit venue à cette Fête. Le peuple, comblé de ſes bienfaits, répandoit au loin le bruit de ſes vertus.

La danse ayant cessé, elle courut embrasser Émée, félicitant Roger de l'avoir pour fille. Toutes les marques d'attachement qu'une femme si respectable donne à cette jeune Salencienne, il semble à Bazile qu'il les reçoit. » Hélas ! dit-il, » comment n'aimerois-je pas Émée ? la vertu même » lui rend homage. »

Alexis & Bazile reconduisirent Émée chez son pere.

Alexis célébra, le verre à la main, sa modestie, ses graces & sa légéreté. Bazile aussi voulut entreprendre son éloge. Les regards d'Émée l'éviterent, il n'eut pas la force d'achever. Une timidité insurmontable ôtoit même à ses yeux l'expression du plaisir qu'il ressentoit. Il lui sembloit qu'un seul mot, le moindre geste, un regard alloient trahir le secret de son cœur.

Que ce langage muet eſt touchant! C'eſt bien celui du véritable amour. Émée comprenoit tout ce qui ſe paſſoit dans l'ame de Bazile, & Bazile croyoit en voir autant dans le cœur d'Émée.

La femme de Roger étoit glorieuſe des éloges que méritoit la danſe de ſa fille : elle voulut encore qu'on l'entendît chanter. Émée obéit. Elle chanta la réſiſtance d'une Salencienne que vouloit épouſer un étranger jeune & riche, auquel elle préféra un Salencien pauvre & vertueux.

D'abord les paroles que chantoit Émée porterent la douleur & le découragement dans l'ame de Bazile. Mais bientôt le charme d'une voix ſi tendre y ramena le plaiſir & l'amour; tandis que le cœur d'Émée, touché de ſes propres accens, ſe laiſſoit emporter

porter malgré lui; ses yeux brilloient d'une flamme douce & pénétrante. Peu à peu ses traits s'étoient animés. On y démêloit ce mélange heureux de la sensibilité & de l'innocence. Sage Émée, vous ne pensiez pas sans doute alors chanter si tendrement. On croyoit entendre les sons touchans de la flute mélodieuse qui s'insinue peu à peu dans le cœur, mollement l'épanouit, & le laisse dans cette délicieuse ivresse, le comble de la volupté.

On invita Bazile à chanter après elle. Il la pria d'unir sa voix à la sienne: & malgré la palpitation violente qui d'abord les empêcha de respirer, ils chanterent ce qui suit.

DUO.

Émée sous le nom de Cloé, *&* *Bazile sous celui de* Daphnis,

DAPHNIS.

Ma Cloé, je ne sçais quel charme
Semble attirer mon cœur à toi.

CLOÉ.

Mon cœur, emporté malgré moi,
Eprouve un plaisir qui m'allarme.

DAPHNIS.

Cependant aux traits de l'Amour
Il est toujours inaccessible.

CLOÉ.

C'est toi qui me rendrois sensible,
Si je pouvois aimer un jour.

ENSEMBLE.

Ah! Cloé, Daphnis, que ta voix est tendre!
Et que tes regards sont touchans!
Ah! suspens, suspens tes accens;
J'ai trop de plaisir à t'entendre.

En finissant ces mots, trop violemment ému, Bazile étoit ſans force & ſans haleine. La voix lui manquoit. Son corps trembloit. Il étoit prêt d'embraſſer les genoux d'Émée. Ainſi lorſque, dans le ſilence des forêts, l'amour conduit au fond d'une allée ſombre une belle qui chante ſa défaite, les Oiſeaux attendris ſe taiſent & l'écoutent. Le Chantre harmonieux des airs deſcend de branche en branche, & ſeul veut marier ſes accens aux accens de ſa rivale. Longtems il oſe lui diſputer le prix du chant. Vains efforts! Bientôt ſes aîles s'ouvrent, ſes plumes s'élévent; ſon goſier ne rend plus de ſons; il ſe pâme: & vient tomber aux pieds de cette enchantereſſe, qui l'enyvre de plaiſir.

La tendreſſe la plus pure éclatoit dans les regards de Bazile; elle reſpiroit ſur ſes lévres: l'innocente Émée en étoit émue ; son cœur même en soupiroit. O, Bazile ! qu'il dura peu ce moment où, ton amour te faisant illusion, tu croyois jouir déja du bonheur d'être aimé !

Dès que le repas fut fini, le pere d'Alexis ayant tiré Roger à l'écart, lui fit promettre de conclure le mariage d'Alexis & d'Émée. Roger s'empresse d'instruire l'étranger du mariage de sa fille. Il lui annonce qu'il suivra de près la fête de la Rose, & l'invite à rester chez lui pour prendre part à leurs plaisirs.

Bazile ne répondit rien, & les amis de Roger se retirerent.

Fin du second Livre.

LIVRE III.

Travaux & chagrins de Bazile. Jardin d'Émée.

BAZILE, en proie aux plus fombres chagrins, appelloit vainement le fommeil. Il vouloit partir dès les premiers rayons de l'aurore ; mais fon affaire avec Roger n'étoit pas terminée, il fallut fe réfoudre à refter. Il crut qu'en s'exerçant aux travaux de la campagne, il fupporteroit avec moins de peine les tourmens de l'amour.

Enfin la nuit trop lente faifoit place au jour : il fortit pour ne pas voir Émée ; &, la ferpe paffée à la ceinture, il fe promenoit autour des champs de fon nouvel Hôte. Si les troupeaux échappés des pâturages voifins y trouvoient une entrée, il y portoit des branches d'épines, en fermoit le pafſage, & rendoit la haie plus épaiſſe.

Bazile ne ſçavoit pourquoi Roger négligeoit ces premieres heures du matin ſi précieuſes pour la culture des champs. Celui-ci ſe rendit tard à ſes travaux, & Bazile en voulut partager le poids. Chez vous, ô Salenciens! le ſoc tranchant de la charrue ne déchire que rarement le ſein de la terre; vous cultivez, la bêche à la main, le champ qui fut à vos ayeux. Votre gloire n'eſt point d'étendre vos poſſeſſions, mais d'en multiplier les fruits par votre induſtrie laborieuſe.

La chaleur du midi força Roger & Bazile à chercher l'abri des hêtres. Dès qu'ils eurent goûté quelques momens de repos, le pere d'Émée ouvrit ſon cœur au jeune Bazile. » Ma fille ne » ſera pas mariée, lui dit-il, » je crai- » gnois qu'elle n'y eût conſenti que

» par obéissance : j'ai obtenu d'elle cet
» aveu, & si vous m'avez vû reprendre
» si tard mes travaux, c'est que j'ai
» voulu aller dès l'aube du jour chez
» le pere d'Alexis, & j'ai mieux aimé
» dégager ma parole, que de causer
» le malheur de ce que j'ai de plus
» cher au monde. »

Bazile écoutoit ces mots avec trouble : l'espérance renaissoit insensiblement dans son cœur ; & l'obstacle de la loi des Salenciens commençoit à le moins effrayer.

Le soir à leur retour, la jeune Émée, occupée des soins du ménage, leur offrit le repas simple & frugal que ses mains avoient préparé. Bazile la revit ; & son amour prit de nouvelles forces.

Que de fois, la regardant en silence, il fut prêt de s'oublier ! Que de fois il fut prêt de dire ce qu'il avoit réſolu de taire ! C'eſt ainſi que tous ſes efforts pour ſe guérir rendoient ſa bleſſure plus profonde.

Le lendemain il évita Roger. L'air pâle & défiguré, un feu ſombre dans les yeux, il cherchoit les forêts ſolitaires & les collines déſertes. Là il erroit au gré de ſa douleur. Les mouvemens les plus impétueux l'agitoient. Il bruloit d'un feu dévorant.

Ses forces épuiſées, une langueur mélancolique s'empara de ſon eſprit. Alors, couché ſur la molle verdure, près de cette même Fontaine où il a cru voir Émée s'attendrir en ſa faveur, il prête l'oreille aux chants des Oiſeaux qui folâtrent entre les feuillages. Il ſe rappelle les accens touchans de celle qu'il adore. Il remarque la place où elle étoit. Il lui parle ; il la voit baiſſer les yeux en rougiſſant, & les relever ſur lui d'un air timide. C'eſt alors que ſon cœur oppreſſé ſoupire : il détourne la vûe : il cherche à écarter un ſouvenir trop cher. Il contemple les riantes prairies couvertes de troupeaux qui paiſſent tranquillement, ou qui dorment étendus près des buiſſons. Il compare, en ſecret, ſes tourmens, ſes agitations, les durs combats qui s'élévent dans ſon ame, aux innocentes douceurs de la vie paiſible ; & des larmes, qui viennent du fond de ſon cœur, coulent bientôt de ſes yeux. Quelquefois, pour ſe diſtraire de ſes maux, il fait un effort ſur lui-même, & chante ces paroles qu'il interrompt ſouvent par des ſoupirs.

Premier Couplet.

Heureux Troupeaux,
Dans la prairie
Vous paiſſez l'herbe fleurie

Et goutez un doux repos.
On n'entend point vos plaintes vaines
Fatiguer l'Écho nuit & jour.
Hélas! vous connoiſſez l'amour,
Et vous en ignorez les peines.

Second Couplet.

Que votre ſort
Me fait envie!
Les douceurs de votre vie
Redoublent mes maux encor.
Écho redit mes plaintes vaines;
Je brule & gémis nuit & jour.
Hélas! je n'ai connu l'amour
Que pour en reſſentir les peines.

Ainſi Bazile paſſa mille fois tour-à-tour de la douleur la plus vive au plus grand accablement. Le lendemain étoit le jour où devoit être célébrée la Fête de la Roſe.

Roger avoit, dans le lieu le plus reculé de ſon Jardin, un Parterre composé des fleurs les plus odoriférantes. Malgré l'épaisseur du Taillis qui le déroboit aux regards, on respiroit au loin un parfum délicieux. Un treillage en défendoit l'entrée. Le Rosier, le Jasmin & le Chevrefeuille étendoient autour leurs branches flexibles & touffues. Ce lieu se nommoit le Jardin d'Émée. Il n'étoit cultivé que par elle. Excepté ses jeunes compagnes, nul ne pouvoit y pénétrer. Bazile le sçavoit ; il fut tenté de le parcourir au moins des yeux. Il trembloit avant même d'en approcher : mais un mouvement involontaire l'y entraînoit. Il s'avance, il pénétre dans le Taillis; il se sent émû sous les ombres favorables qui le conduisent : il est frappé du calme profond qui y regne. Les accens du Rossignol qui raisonnent dans le lointain, les tendres jeux des Oiseaux, le bruit amoureux de leurs becs, de leurs aîles, & ſurtout l'air frais & embaumé qu'il y reſpire ; tout ce qui l'entoure enfin, porte dans ſon ame je ne ſçais quel ſentiment de crainte & de volupté. On eût dit que l'odeur des fleurs égaroit ſon eſprit ; comme on voit le jus du raiſin qui fermente par les ſoins des Vendangeurs, troubler quelquefois leur raiſon, & porter l'ivreſſe dans leurs ſens.

Bazile n'eſt pas moins troublé. Longtems il reſte immobile les yeux tournés vers cette enceinte ; & alors ſon cœur enflammé s'enyvre à longs traits de plaiſir & d'amour.

Tout à coup il entend Émée ſe plaindre à ſa mere du domage que les Oiſeaux cauſent à ſon Jardin. » Mais ils » n'échapperont pas aux piéges que » je leur ai tendus, s'écria-t'elle en la » quittant. »

Déja elle couroit d'un pas agile. On auroit cru qu'elle avoit les aîles d'une Colombe. Son teint étoit animé comme la Rose épanouie. Le rouge monta au visage de Bazile. Il resta les yeux baissés à la place où il étoit. Émée passa près de lui sans l'appercevoir. Une teinte légere obscurcissoit la sérénité de son front. On démêle dans ses traits ce contraste si séduisant de la douceur & de l'impatience, de la bonté & du dépit. Elle tient d'une main une Cage d'Ozier, de l'autre la Clef de son Jardin. Elle est si agitée, si empressée, qu'elle oublie, pour la premiere fois, d'en refermer la porte. Elle avance : » Quel dégât, s'écrie-t'elle ! » Elle arrive à l'endroit où elle a tendu ses piéges.

D'un côté elle trouve une Fauvette grisâtre, de l'autre un Chardonneret aux plumes bigarées ; tous deux perchés ſur une légere baguette enduite de glue, la frappent de leurs aîles qu'ils détachent avec effort ſans pouvoir ſe débarraſſer.

Plus loin eſt un Moineau effarouché ; le bec élevé & entr'ouvert, il agite ſes aîles fatiguées : il reſſerre, en ſe débattant, le nœud qui le retient ; & retombe ſur le côté en palpitant.

Émée, à cette vûe, s'arrête. Son cœur, gros de dépit, veut lutter contre la pitié. La pitié l'emporte. Ses regards animés s'attendriſſent ; elle laiſſe tomber ſa Cage ; elle court débarraſſer le Moineau, coupe le nœud qui le retient, paſſe légerement une main careſſante ſur ſes plumes hériſſées, le baiſe en le plaignant, l'aproche de ſon ſein, le flatte encore, & le laiſſe envoler.

Bazile s'étoit avancé vers la porte du Jardin. Apuyé contre un arbre, les yeux attachés ſur Émée, il a vû ſon impatience naïve éclater dans ſes regards ; il ne l'en trouve que plus belle. Mais dès qu'il la voit, avec une douceur ſi touchante, careſſer & délivrer ces Oiſeaux ; avec quels tranſports il ſe peint la bonté, la ſenſibilité d'une ame ſi pure ! Il ſemble que ſon amour ſoit accrû. Sa joie eſt à ſon comble. Il éprouve ces heureux frémiſſemens d'un cœur qui s'attendrit de plaiſir & d'admiration. Il ſe laiſſe aller à la douce extaſe qui le ravit. Une ſource délicieuſe de larmes coule de ſes yeux. Un ſoupir qui lui échappe avertit Émée. Elle porte la vûe du côté où le bruit s'eſt fait entendre. Elle voit Bazile immobile & les yeux humides, dans l'état d'un homme qui renferme en lui-même un chagrin profond.

Elle marche à lui d'un pas incertain : » Qu'avez-vous, Bazile, lui dit-elle d'un air compatiſſant ? » Que faites-vous en ces lieux ?

Bazile pâlit d'abord en écoutant ; puis ſon viſage ſe couvre d'une prompte rougeur. Il veut répondre ; le ſerrement de ſon cœur, les ſanglots qui le ſuffoquent l'arrêtent.

» Qu'avez-vous ? Que faites-vous ici, » lui répéte encore Émée ?

Tout à coup Bazile, tombant ſur ſes génoux, répond, d'une voix étouffée, & d'un air ſi tendre ſi pénétré : » Émée ! je vous admire. »

Émée, cachant l'émotion de ſon ame, jetta ſur lui un regard impoſant, & le quitta ſans lui répondre.

Alors, tel qu'un homme qui ſe réveille

veille, tout-à-coup au bord d'un précipice, Bazile ſentit ſon imprudence, mais il n'eut pas la force de s'en repentir.

Fin du troiſiéme Livre.

LIVRE IV.

Cérémonies de la Fête de la Rose. Incertitude des Vieillards.

CEPENDANT Bazile, qui se doutoit qu'Émée étoit irritée contre lui, n'osoit plus reparoître. Tantôt, en tremblant & les yeux baissés, il s'aprochoit de la porte, il prêtoit l'oreille, & fuyoit au moindre bruit. Tantôt, dans une agitation mortelle, il faisoit le tour de la Maison, portant de tous côtés des regards inquiets.

Tandis que son cœur irrésolu flottoit ainsi dans la crainte, le son des Cloches, le bruit des Tambours, & les cris de joie des habitans anoncent l'heure où va commencer la Fête de la Rose.

Près du Portique du Temple est une Place immense où le Peuple en foule s'aſſemble. Déja de divers cantons voiſins ſont accourues des troupes nombreuſes d'hommes & de femmes.

Le vieux pere Anſelme s'avançant à la tête de tous les Chefs de Famille, pénétre dans une enceinte que viennent de former les Spectateurs. Les portes du Temple s'ouvrent. On en voit ſortir le Miniſtre des Autels. Il marche dans tout l'appareil qui l'accompagne aux plus grandes Fêtes. Il vient prendre place ſous un Dais de feuillages : il tient dans ſes mains une Couronne de Roſes qu'il dépoſe ſur un Autel de gazon.

Après lui paroiſſent les douze Aſpirantes. Leurs Robes ſont d'un lin plus éclatant que la blancheur du Cygne. Leur tête eſt nüe ; & leurs cheveux, flottans au gré des vents, deſcendent en boucles ſur leurs épaules. Chaque mere conduit ſa fille par la main. On les voit s'avancer à pas meſurés : leurs voix douces & légéres célébrent par intervalle les charmes d'une vie paiſible & vertueuſe : les Peuples attendris répétent leurs derniers accens ; & l'éloge de la Roſe fait retentir de toutes parts les Échos de Salency.

L'aſpect touchant de la beauté de ces jeunes Filles, l'idée qu'on ſe forme de leur ſageſſe, la douceur de leur chant, la modeſtie de leur maintien, l'air d'innocence & de candeur qui brille ſur leur front, inſpirent l'intérêt le plus tendre.

L'air vénérable des Vieillards réunis pour les juger, imprime le reſpect & fixe l'attention.

Tous les regards ſe portent tour à tour ſur elles & ſur eux. On eſt dans l'attente & le ſilence : il ſemble que tous les cœurs partagent la tendre ſollicitude des meres.

Le vieux Anſelme, placé ſur une éminence, en face de l'Autel, ſe léve, & fait ranger autour de lui les douze Aſpirantes.

La premiere qu'il interroge eſt connue par la vertu la plus rigide, & par ſon amour pour le travail : mais une fois elle en a tiré vanité ; elle s'eſt prévalue d'être plus aimable que ſes Sœurs.

Une ſeconde s'eſt diſtinguée par le cœur le plus obligeant : cependant quelquefois ſa tendreſſe pour ſes jeunes Freres l'a rendue diſſimulée ſur leurs fautes.

Celle-ci fit place à une troiſiéme. En la voyant une ſatisfaction générale éclata : dans la maniére flateuſe dont les Vieillards l'interrogeoient ; on démêloit leur estime pour ses vertus. Chaque réponse étoit un éloge. Bientôt plusieurs voix s'éleverent pour la couronner.

» Non, dit-elle, je me connois : il » en est une parmi nous plus digne de » la Rose. Nulle de mes Compagnes » ne me dédira. Trop heureuse de l'a» voir prise pour modèle, si vous me » trouvez quelques foibles avantages, » c'est à ses vertus que je les dois. »

Ainsi s'exprimoit cette jeune Fille ; & la curiosité des Spectateurs redoubloit. Anselme lui demanda quelle étoit celle dont elle vouloit parler : Elle répond, » c'est Émée. »

Aussitôt une autre prit la parole & fit cet aveu : » Quelquefois nos tra» vaux m'ont rebutée ; je regardois » Émée, & je reprenois courage.

» Voulons-nous parler de celle qui » remplit le mieux ses devoirs, nous » nommons Émée. C'est elle qui mé- » rite la Rose.

» Un jour, dit une autre, je fus sur- » prise par le someil : Émée ne me ré- » veilla qu'après avoir fini mes tra- » vaux. Avons-nous des peines, c'est » Émée qui les partage ; c'est Émée » qui nous console : c'est elle qu'il » faut couronner. »

C'étoit entre les jeunes Aspirantes à qui releveroit le plus le mérite d'Émée. Anselme l'appelle. Les regards avides des Spectateurs se réunissent sur elle. Que d'éloges retentissent de toutes parts ! On ne sçait ce qu'on doit admirer le plus de sa modestie ou de sa beauté. Bientôt le desir de la voir couronner fit cesser le doux murmure des applaudissemens.

Anſelme interrogea le pere & la mere d'Émée. A chaque réponſe qu'ils faiſoient la joie éclatoit. Il ſembloit que chaque Spectateur tînt à une fille ſi vertueuſe ou par les liens du ſang ou par ceux de l'amour.

Cependant cette joie fut bientôt ſuſpendue. Dès qu'Anſelme interrogea la belle Émée, d'abord elle releva les vertus de ſes Compagnes. Bientôt preſſée de répondre pour elle-même, ſes yeux ſe baiſſerent ; une rougeur modeſte colora ſon front ; ſon trouble & ſon embarras éclaterent ; ces mots entrecoupés lui échaperent enfin : » Ah ! quel cœur eſt aſſez pur pour » mériter la Roſe ? Le mien, ſurtout, » le mien.... » Elle s'arrête en ſoupirant ; puis exagérant ſes fautes les plus légéres, elle s'avoue, avec candeur, indigne d'une Couronne qui n'eſt dûe qu à l'innocence.

Il régnoit dans le discours d'Émée tant de franchise, elle inspiroit une confiance si aveugle, elle avoit si bien l'heureux don de persuader qu'on n'osoit refuser de la croire alors même qu'elle parloit contre elle.

Une femme ramena tout-à-coup les esprits. Elle étoit la plus âgée des femmes de Salency : placée au premier rang dans l'enceinte, elle ranima ses forces pour aller à Émée. Son front courbé vers la terre se releva; il rayonnoit d'une joie pure. Elle la regarda tendrement & dit :

» Ma chere Émée, tu veux te rabaisser à nos yeux, c'est à moi de publier le sacrifice que tu m'as fait. Est-il une de tes jeunes Compagnes qui en ait voulu faire autant ? Souviens-toi du jour où vous couriez toutes ensemble à une Fête qui se donnoit

» dans un Hameau voiſin. Tout reſ-
» piroit autour de toi le plaiſir & la
» gayeté. Tu m'aperçus alors fati-
» guée, défaillante, & m'efforçant de
» retourner au Village. Je te vis à
» l'inſtant tout abandonner. Tu m'of-
» fris ta main pour me reconduire, &
» tu paſſas, d'un air ſatisfait, avec
» moi, des heures deſtinées aux amu-
» ſemens de ton âge. Le ſoir quand tu
» me quittas, il ſembloit, à te voir & à
» t'entendre, que je t'avois procuré
» le plaiſir le plus cher à ton cœur.

Ainſi parla la femme la plus reſpectable de Salency. Ce trait réunit tous les ſuffrages, & ne laiſſa plus de doute ſur celle qu'on devoit couronner.

Déja le Juge aſſis près du Miniſtre des Autels, parcouroit les Archives de Salency. Il alloit remonter juſqu'à la quinziéme génération des parens d'Émée, & rendre, selon l'usage, un compte public de leurs mœurs, quand tout-à-coup un jeune homme, confondu dans la foule, fait des efforts pour pénétrer jusques dans l'enceinte & s'écrie : » Ne vous hâtez pas de donner la Couronne : je demande à me faire entendre. »

En disant ces mots le jeune homme s'avançoit : on reconnut Alexis, fils d'un Laboureur respecté dans Salency, Amant depuis long-tems d'Émée.

Les Vieillards & son pere lui-même le regarderent avec des yeux étonnés & mécontens. Il s'éleva parmi les Spectateurs un murmure d'indignation : le bruit ayant cessé, le vieux Anselme prit un ton sévére, & lui ordonna de parler.

Fin du quatriéme Livre.

LIVRE V.

*Effet de la jalousie d'Alexis. Couronnement d'Émée. Accident qui arrive à Bazile. Émée veut rendre la Couronne. Un grand Seigneur * aporte, de la part de Louis Treize, à la* Rosiere, *l'Anneau & le Cordon bleu de ce Prince.*

ALEXIS se contenoit avec peine. Tout-à-coup cédant au dépit qui l'animoit, il le fit éclater dans ces termes.

» Je devois unir mon sort à celui « d'Émée ; nos Peres étoient d'accord : & ce lien que nous allions » former, c'est elle qui l'a rompu. » Rendez homage à la vérité », poursuit-il en se tournant vers elle ; » répondez. L'eussiez-vous fait si votre

* Trait historique.

» cœur ne ſe fût laiſſé ſurprendre à » l'amour d'un Étranger ? Cet Étran- » ger eſt maintenant ici. Il m'entend, « il me voit ; il ſçait que vous ne pou- » vez être unie qu'à un Salencien : & » cependant, reçû chez votre pere, » il a violé les droits de l'hoſpitalité, » il a conçû de l'amour pour vous ; & » ce matin encore je l'ai ſurpris à vos » pieds. »

» Jeune imprudent », répond Roger, » quand cet Étranger auroit de » l'amour pour Émée, qu'a-t-elle dit, » qu'a-t-elle fait qui vous ait donné » lieu de croire, de publier qu'il en » étoit aimé ? Elle vous a refuſé, dites- » vous : & moi je l'ai trouvée prête à » s'unir à vous au premier mot que » je lui en ai dit. Mais j'ai voulu in- » terroger ſon cœur : vous n'avez » point ſçû vous en faire aimer ; j'ai » dégagé ma parole. »

Ce diſcours prononcé du ton le plus reſpectable, interdit Alexis. Il voulut vainement balbutier quelques mots, ſa rougeur & ſa confuſion le trahirent ; il fut contraint de ſe retirer avec la honte d'une jalouſie ſans effet.

La retraite d'Alexis rendit la joie aux Spectateurs. Le Juge reprit les Archives. Depuis plus de quinze générations tous les ancêtres d'Émée ſe ſont diſtingués par des mœurs pures ; toutes les femmes ont obtenu le prix ou l'ont balancé.

O trop heureux Salenciens ! Reſtes précieux de l'Age d'or, c'eſt chez vous ſeulement que les diſtinctions ne ſont point injuſtes, & que les vertus ſont des titres.

Auſſitôt les Fifres, les Haut-bois & les Muſettes anoncerent le Couronnement d'Émée. Le Peuple y répondit par trois acclamations. Le Ministre des Autels fit approcher Émée. Il tint un moment la Couronne de Roses suspendue sur sa tête; & lui rapella la Loi qui lui défend de chercher un Époux parmi les Étrangers.

Bazile frémit à ces mots. Il voit poser la Couronne sur la tête d'Émée, d'Émée qui, dans ce moment, a plûtôt l'air d'une victime que de la Reine de la Fête. Cependant jamais Bazile ne l'a trouvée si belle, jamais il ne l'a tant aimée; & c'est alors qu'il perd, avec l'espoir, la douceur même de pleurer, ce foible soulagement des infortunés: l'aspect d'un Peuple si vertueux en impose à ses sens. Il veut cacher sa foiblesse à tous les regards: les efforts qu'il fait l'opressent; il semble que ses larmes se renfoncent dans son cœur; ses yeux ouverts & immobiles ſe couvrent d'un nuage épais ; ſon corps tremble du friſſon de la mort, la pâleur ſe répand ſur ſon viſage ; ſes génoux ſe plient ; il tombe & reſte étendu ſans chaleur & ſans mouvement.

On le voit, on s'empreſſe autour de lui, on veut le rappeller à la vie : tous les ſecours ſont inutiles. Ses membres défaillans peu à peu ſe roidiſſent : il échape aux mains qui le retiennent ; il retombe ; on s'écrie : » il eſt mort. »

Ce bruit ſe répand. Le paſteur ſpirituel accourt. Émée, pouſſée par un inſtinct ſecret, le ſuit. Elle voit..... (Quel ſpectacle pour un cœur ſi tendre !) Elle reconnoît Bazile ; elle s'élance ſur lui. Ce n'eſt plus cette Émée ſi modérée, ſi timide. C'eſt une Amante effrayée, tranſportée. Elle eſſuie le viſage de ſon Amant qu'une ſueur

ſueur froide a couvert : elle poſe, elle apuie la main ſur ſon cœur. Il eſt froid, inanimé. Elle jette un cri perçant & va ſe précipiter ſur lui. On la retient, on veut l'éloigner.

» Arrêtez, s'écrie-t-elle, arrêtez.
» Bazile n'eſt plus. O déſeſpoir ! j'ai
» cauſé ſa mort : je veux le ſuivre.
» Ah, Bazile ! cher Bazile ! Tu ne
» m'entens plus ! Cruels, c'eſt votre
» Loi qui l'a fait mourir. Reprenez
» cette Couronne », pourſuit-elle en
l'arrachant de ſon front ; » je vous la
» rens. Elle ne m'étoit pas dûe : j'ai-
» mois un Étranger. Oui, je l'aimois,
» hélas ! . . . & j'oſe l'avouer. Pardon-
» nez, ô mon Pere ! mon amour m'a
» trahie. Je n'ai plus la force de
» le vaincre, ni même de le cacher :
» mais ma mort qui s'aproche va m'en
» punir. »

Tandis qu'Émée parloit ainsi, elle ne s'apercevoit pas que Bazile reprenoit peu à peu ses sens. Bientôt soutenu par des Vieillards, il comence à se relever.

Émée le voit. Le trouble, le plaisir, la confusion partagent son ame. Elle se laisse tomber dans les bras de sa mere, qui frémit & qui fond en larmes, tandis que le Peuple, non moins étonné qu'émû, attend en silence ce qui sera décidé.

Roger le premier, veut priver sa Fille de la Couronne, & qu'elle ne puisse jamais y prétendre.

Cependant tout-à-coup le son aigu des Trompettes frappe les airs : un Char vole avec rapidité ; une troupe de Cavaliers le suit ; ils se font jour au milieu des spectateurs. Dans le Char est la Dame du Village voisin. Elle étoit accompagnée d'un des Favoris du Roi. Ce Prince, ſur les récits de cette Fête intéreſſante, avoit choiſi, parmi ſes Courtiſans, le plus digne d'y préſider. Celui-ci ſe fait inſtruire de ce qui vient de ſe paſſer & de la Coûtume de Salency qui s'opoſe au bonheur des deux Amans. Touché de leurs peines & de l'inocence de leur amour, il dit ces mots :

» Salenciens, la vertu n'eſt point » de vivre ſans paſſions ; mais de les » vaincre. C'eſt ce qu'a fait Émée. Je » la crois donc toujours digne de la » Roſe. Mais je la crois plus digne en» core de ſon Amant. S'il n'eſt pas de » Salency, il a mérité d'en être. Un » homme vertueux doit-il être étran» ger parmi vous ?

En finiſſant ce diſcours il s'aproche d'Émée, & lui préſente un Aneau de la part du Monarque ; puis il déploye un Cordon-Bleu, le même que Louis Treize avoit porté, il vient l'attacher au côté de cette jeune Salencienne en montrant l'ordre qu'il en a reçû de ſon Maître. » Allez, m'a-t-il dit, l'offrir » à celle qui ſera couronée. Il fut » aſſez longtems le prix de la naiſſan- » ce, qu'il devienne aujourd'hui la ré- » compenſe de la vertu. »

Cette action faite au nom du Roi par un de ſes premiers Sujets, décida l'Aſſemblée, & le Conſeil des Vieillards.

Ils ne voulurent être ni ingrats, ni cruels : ils rendirent heureux deux Amans ſi dignes de l'être.

Fin du cinquième & dernier Livre.

L'ISLE
D'OUESSANT.

INTRODUCTION.

Les Mœurs fiéres & vertueuſes des Oueſſantois m'ont paru offrir un tableau bien digne de contraſter avec celui des Salenciens.

L'Iſle d'Oueſſant, peu diſtante de la Ville de Breſt, eſt à la pointe Occidentale de la Bretagne : les petites Iſles qui l'environnent ſont confondues ſous le même nom ; elles apartiennent à la Maiſon de Rieux, une des plus anciennes de l'Europe.

En remontant à l'origine du Peuple qui habite aujourd'hui l'Iſle d'Oueſſant, j'ai choiſi le moment où la ſageſſe des Loix y fixa pour jamais le bonheur & la vertu. En effet c'eſt le ſpectacle le plus beau, le plus fait pour intéreſſer l'humanité que l'établiſſement d'un Peuple vraiment heureux & ſage.

Peu m'importe que ceux qui ne veulent croire ni à la vertu ni au bonheur, regardent tout ce que j'avance ſur l'Iſle d'Oueſſant comme une Fable. Il n'en eſt pas moins vrai qu'encore à préſent la cauſe des vices & des malheurs des hommes, le *tien* & le *mien*, le *Maître* & l'*Eſclave* y ſont des noms abſolument inconnus. Il n'en eſt pas moins vrai que l'intimité dans laquelle ils vivent (juſqu'à laiſſer la porte de leurs Cabanes ouverte même aux heures du ſomeil) ne fait que leur rendre la vie & la Patrie plus cheres, & redoubler leur eſtime & leur attachement les uns pour les autres.

Je conçois que ce genre de vie doit paroître bien peu vraiſemblable à des Nations corrompues. Plus les Citoyens de celles-ci ſe fréquentent, plus ils ſe méſeſtiment, plus ils s'ennuient réciproquement. Si le Ciel m'avoit fait naître dans une de ces Nations, & qu'il s'y trouvât des Philosophes capables de haïr les hommes par principe, & de les croire méchans par nature, je leur dirois :

» Hommes qui êtes assez malheu-
» reux pour ne point estimer vos sem-
» blables ; vous qui contestez ce qu'ils
» font de bien, qui exagerez leurs
» vices, & regardez leurs foiblesses
» comme autant de crimes, sachez
» qu'il est encore des Peuples sur la
» terre chez qui la vertu sans faste
» brille de tous ses attraits ! Voulez-
» vous de bonne foi connoître le
» cœur de l'homme ? Voulez-vous le
» voir aussi pur qu'il est sorti des mains
» du Créateur ? C'est-là qu'il faut l'al-
» ler chercher, c'est-là que vous
» éprouverez combien il est, par sa

» nature, doux, sensible & bienfai-
» sant. C'est-là que vous aprendrez à
» détester, non cette foule de mal-
» heureux, victimes des Loix & d'eux
» même, mais le vice tirannique &
» les abus barbares de leurs gouver-
» nemens. Changez les Loix de Tu-
» nis & d'Alger, vous y ferez naître
» des Citoyens dignes de l'ancienne
» Rome ou de Sparte, ou même de
« l'Isle d'Ouessant. »

Les premiers Habitans qui se sont donné des Loix fixes dans cette Isle, ont comencé par déraciner de leurs cœurs tout ce qui pouvoit y faire germer l'Intérêt, l'Ambition & tout ce qui pouvoit enfin les empêcher de serrer pour jamais entre eux les nœuds de la Paix & de l'Amitié.

C'est sur de pareils fondemens qu'ils

ont élevé l'édifice de leurs Loix; & pour le rendre aussi durable que le Monde, loin de contrarier le cœur dans ses penchans & dans ses goûts, ils n'ont consulté que la Nature, & lui ont laissé suivre, si j'ose le dire, son allure ordinaire. Plus sages en cela que ces durs Législateurs qui, en voulant l'élever au-dessus d'elle-même, lui donnent des entraves, font contracter à l'Homme des mœurs sévéres, le rendent orgueilleux, farouche, insensible, intolérant; & font causes que, lorsqu'il vient à secouer le joug d'une aussi fatiguante contrainte, il ne rentre plus dans le droit sentier de la Nature; mais il se plonge dans le vice, & le porte aussi loin qu'il a poussé la vertu.

Le plus simplement se cometttre à Nature, c'est s'y cometttre plus sagement, dit ſi bien le penſeur Montagne *.

J'ai crû devoir laiſſer à mon héros des foibleſſes qui tiennent à l'humanité : ſon mal de cœur pendant la tempête, & ſon ignorance dans l'art de nager, art dont l'exercice eſt très ſain, & peut ſouvent devenir très-néceſſaire, comme l'a ſi bien démontré l'éloquent Rouſſeau.

---

* Voyons ce qu'il dit ſur la vertu.

Socrate eut un viſage conſtant mais ſerein & riant non fâcheuſement conſtant comme le vieux Craſſus qu'on ne vit jamais rire. La vertu eſt qualité plaiſante & gaie.

Socrate fait mouvoir ſon ame d'un mouvement naturel & comun, dreſſant non-ſeulement les plus réglées, mais les plus hautes & vigoureuſes créances, actions & mœurs qui furent oncques. En Caton, on voit bien à clair que c'eſt une allure tendue bien loin au-deſſus des comunes : aux braves actions de ſa vie, & en ſa mort, on le ſent toujours monté ſur ſes grands chevaux au rebourds de Socrate..... Celui-ci a fait grande faveur à l'humaine nature de montrer combien elle peut d'elle-même..... Que l'ame aſſiſte & favoriſe le corps, & ne refuſe point de participer à ſes naturels plaiſirs, & de s'y complaire conjugalement.

Il me reſte encore à dire un mot ſur la maniere dont j'ai enviſagé mon ſujet. J'ai penſé qu'une intrigue d'amour l'auroit dégradé. Je ſuis fâché que la nature de ce foible eſſai ne m'ait pas permis de m'étendre davantage ſur la ſageſſe & la beauté du gouvernement des Oueſſantois ; je craignois deux objets de comparaiſon qui feront trembler tout Auteur raiſonnable, les Troglodites des Lettres Perſannes & le Thélémaque, ouvrage dont le ſtyle ne me paroît point traînant, mais plein de rondeur & d'harmonie ; ouvrage qui me charme autant par ſa douceur & ſes graces, que ſa profondeur & ſes vûes m'étonnent.

Le gouvernement laiſſe aux Oueſſantois une entiere liberté, ſe repoſant ſur leur ſageſſe. On n'en tire d'autre rétribution que celles qu'ils aportent d'eux-même.

L'Isle des Saints de laquelle il est question dans ce petit ouvrage, est effectivement remplie de Pirates. On a tenté, toujours inutilement, de corriger leurs mœurs féroces. Dans les tems d'orages, ils font de grands feux sur des Tonneaux qu'ils laissent flotter autour de leur Isle environné d'écueils. Les Vaisseaux, attirés par cette ruse, viennent se briser contre des rochers dont la pointe est à fleur d'eau.

Ainsi les Habitans de l'Isle d'Ouessant & ceux de l'Isle des Saints forment le contraste le plus frapant. Les premiers, justes & bienfaisans, n'aiment que la Vertu, la Paix & la Liberté. Les autres sont des barbares qui ne respirent que la guerre & ne vivent que de rapines.

Ainsi la Nature qui nous a donné la Peine pour compagne du Plaisir, nous fait toujours voir le bien à côté du mal ; uniforme dans ſa marche, mais inégale & bizare dansſes productions, il ſemble qu'elle prenne plaiſir à faire contraſter ſes Tableaux.

A
MADAME DE BÊZE.

C'est à vous, ma Sœur, que j'offre ce petit Ouvrage. Il a été fait sous vos yeux. J'y fais triompher l'amour de l'égalité, de la paix & de la retraite. J'y retrace le sincère attachement d'une Sœur & d'un Frere. A ces titres il vous appartient.

J.M. moreau le jeune 1768

L'ISLE D'OUESSANT.

LIVRE PREMIER.

Trois cent Gentilshommes Bretons refugiés dans l'Isle d'Ouessant, alloient paſſer en Angleterre. Les Oueſſantois, Peuple ignoré, vertueux & pauvre, venoient de conſtruire des Barques pour eux. Les unes couvrent les bords de la Mer, & déja les dernieres élevées en pente ſur le rivage, & détachées tout-à-coup des cables qui les arrêtent, ſemblent couler ſur la ſurface des eaux.

Le jeune Rieux, le plus illuſtre des nobles fugitifs, regarde à la fois avec impatience & avec atendriſſement l'inſtant qui va le ſéparer de ces ſages Inſulaires. Le deſir de la gloire le fait ſoupirer après l'Angleterre, Théâtre digne de ſon courage & de ſes talens. Quelquefois auſſi ſa bonté naturelle l'emporte ſur l'ambition. Il ſe ſent émû à l'aſpect de ſes bienfaiteurs & de cette longue chaîne de Rochers couronnés de bruyeres & de ces Sapins antiques qui ombragent l'asyle heureux de la paix & de la liberté.

Les nœuds de l'amitié l'unissent au jeune Ouessantois le plus recommandable par sa valeur. Dès qu'il le voit, il court l'embrasser, & lui dit : » Cher » Alaric, pourquoi faut-il que nous » nous séparions ? Vous eussiez voulu » me fixer parmi vous ; le puis-je ? » vous êtes si voisins de la France, & » vous savez quelles persécutions nous » y avons éprouvées; mais vous-même » pourquoi vous condamnez-vous à » vivre ici dans une éternelle obscu- » rité, tandis qu'en nous suivant » votre valeur vous feroit mériter, » sans doute, le nom le plus célébre ? » Cruel ! tous mes efforts, pour vous y » engager, ont été & seroient encore » inutiles. Recevez donc mes adieux » & croyez que jamais nous ne per-

» drons la mémoire de vos bienfaits.
» Sauvés à la hâte ſur des Barques de
» Pêcheurs, c'eſt à vous, c'eſt à vos
» Compatriotes que nous devons la
» vie. Vous nous avez empêché de
» tomber entre les mains des Pirates
» qui infeſtent les Iſles voiſines. Je
» vous dois bien plus encore; c'eſt
» vous qui, le premier, m'avez fait
» conoître les plaiſirs les plus dignes
» d'un homme, les doux épanche-
» mens de l'amitié, & je vous quitte
» pour toujours... pour toujours peut-
» être... Vous pleurez... O, mon
» ami! combien je ſuis plus à plaindre
» que vous! Hélas! » ajouta Rieux,
en ſoupirant, » du moins vous ne re-
» noncez pas, comme moi, à votre
» Patrie. Il vous reſte encore une
» Sœur qui peut vous conſoler de la
» perte d'un ami. »

Comme il disoit ces mots, un bruit se répand que les Brigands des Isles voisines sont descendus à l'autre extrêmité de l'Isle, qu'ils l'ont ravagée, qu'ils ont enlevé des troupeaux & des enfans, & qu'Éleinde, Sœur d'Alaric, a sauvé, par son courage, ceux de son Frere.

Soudain Rieux change de résolution ; il saisit avec transport l'occasion de faire éclater ses vertus guerrieres aux yeux de ses bienfaiteurs. Il fait serment de mourir ou de les venger. Son air fier & martial, mais plein de candeur, & surtout l'éloquence avec laquelle il s'exprime, lui donnent de l'ascendant sur quiconque l'écoute ; il anime, il transporte Alaric & tous les jeunes Ouessantois. Contens de repousser l'insulte des Brigands, ils n'avoient jamais encore daigné les attaquer. Rieux les détermine à les poursuivre avec lui, tandis que ses Compagnons resteront pour veiller à la conservation de l'Isle.

La Sœur d'Alaric, Éleinde, frémit en aprenant le départ de son Frere. Elle accourt au rivage, elle le voit prêt à monter sur sa Barque, elle l'arête, & le pressant tendrement dans ses bras : » O mon Frere ! s'écrie-t-elle, » Dans quels dangers va te précipiter « une colere aveugle ? Songes-tu que » ce sont des Pirates que tu vas pour- » suivre ? sçais-tu quel est leur nom- » bre ? de quelles ruses ils sont capa- » bles ? Quand ils seroient les plus foi- » bles, connois-tu les Mers comme » eux ? pourrez-vous jamais les attein- » dre ? & s'ils sont les plus forts, com- » ment leur échaper ? Cher Alaric ! tu » m'en es témoin. Mon cœur n'avoit

» point connu la crainte, & dans ce » moment il eſt épouvanté. Je ne » ſçais quel ſentiment intime me fait « trembler pour tes jours. Il me ſem- » ble qu'une voix terrible me dit : *Ja- » mais ton frere ne reverra ſa Patrie.* » Ah! par pitié, mon Frere, que ma » frayeur ſoit une foibleſſe, ou l'effet » d'un preſſentiment ſûr, s'il eſt vrai » que nos cœurs ſe ſoient voué pour « jamais l'amitié la plus tendre, ſi j'ai « renoncé pour toi, pour tes Enfans, » aux doux noms d'Épouſe & de » Mere, je t'en conjure, hélas! n'aban- » donne point ta Sœur dans la dou- » leur affreuſe où tu la vois. »

Éleinde, en parlant de la ſorte, inondoit de larmes le viſage d'Alaric : il étoit prêt à ſe rendre ; mais ſes Compagnons, dont on vient d'enflammer le courage, l'arrachent tout-à-coup des bras de ſa Sœur. Ils partent, & la malheureuſe Éleinde, muette, immobile, les yeux tournés vers ſon Frere, reſta longtems ſur le rivage après que la Barque qui le portoit eût diſparu à ſes yeux.

Le diſcours d'Éleinde s'étoit gravé dans le cœur d'Alaric. Il s'efforçoit de cacher ſon trouble à ſon ami. Il l'entretenoit des moyens d'exercer ſur les Brigands une vengeance ſanglante; puis il ajouta : » Quand ils viendroient » à bout de nous vaincre, ce que je » ne ſçaurois croire, une choſe au » moins me conſole. C'eſt une tradi- » tion reçue parmi nous, que, lorſque » les Oueſſantois toucheront au mo- » ment d'être ſubjugués, des hom- » mes, venus d'une terre étrangere, » renouvelleront notre Iſle & la ren- » dront plus floriſſante qu'elle n'avoit

» encore été. Le bruit de leurs vertus » ſe répandra dans toute l'Europe. » Les François regarderont comme » un bonheur de les recevoir ſur leurs » Vaiſſeaux. Mais parmi les douceurs » d'une vie molle & efféminée, au » milieu du luxe & des richeſſes de la » France, toujours ſoupirera l'Oueſ- » ſantois après ſa Patrie, toujours il ſe » hâtera de retourner dans ſon ſein, » & de s'y dépouiller des biens que ſes » travaux lui auront acquis, ſans ra- » porter les vices des Nations étran- » geres. C'eſt ainſi que, malgré les » guerres qui bouleverſeront l'Euro- » pe, l'Iſle d'Oueſſant, ſtable & paiſi- » ble, fleurira par la ſageſſe de ſes » Loix, & verra ſes habitans conſer- » ver la pureté de leurs mœurs dans » les ſiécles les plus corrompus. »

Ainſi parloit Alaric au jeune Rieux,

qui regardoit comme une vaine illusion & les pressentimens de la Sœur, & les prédictions du Frere.

Les Pirates poursuivis par les Ouessantois, croyoient l'être aussi par les Gentilshommes Bretons, & ne voulurent pas retourner dans leurs Isles; seulement une partie s'y arrêta pour y cacher ce qu'ils ne pouvoient transporter. Dès qu'ils voyent que les Ouessantois s'aprochent, ils frapent les airs de leurs cris, ils affectent une consternation générale, ils se précipitent en tumulte dans leurs Barques, & voguent vers l'Isle des Saints, avec le desir de les y attirer.

Déja les Ouessantois, pleins d'une confiance aveugle, étoient à la hauteur de Brest, le Soleil faisoit encore briller ses derniers rayons, un vent favorable enfloit leurs voiles, peu-à-peu des nuages épais viennent couvrir la face du Ciel, bientôt les ondes sont émues, les vents déchaînés accourent; ils tracent de longs sillons qu'ils soulevent en tournoyant, les vagues élancées retombent & mugissent, armé de foudres & d'éclairs, le Ciel en feu ne laisse voir que des montagnes & des goufres.

Alaric, d'un front calme, encourageoit ses Compatriotes. Il observe, il évite ces immenses colonnes d'eau qui se forment autour de leurs Barques, les inondent & s'élévent entre le Ciel & leurs têtes.

Rieux veut en vain s'armer de courage : il ne peut soutenir les violentes seçousses de la Mer. Étendu, sans mouvement & sans idée, il est, par intervalle, dans une espece d'anéantissement douloureux. Il semble que ſon cœur ſuive les élancemens des flots qui le ſoulévent, & le balancement de la Barque toujours prête à s'engloutir.

Cependant des lumiéres, qui de loin percent l'épaiſſeur des ténébres, rendent l'eſpoir aux Oueſſantois. Leurs forces épuiſées renaiſſent. Ils redoublent leurs efforts pour arriver à ces lumiéres qui brillent de plus en plus à leurs yeux.

Malheureux ! arrêtez : Moins à plaindre d'errer ſur le vaſte ſein des Mers, vous n'auriez à redouter que les rochers & les tempêtes ; & vous volez à votre perte : ces feux trompeurs qui vous attirent, ſont allumés par des mains avides, qui déja s'ouvrent pour déchirer leur proie. Les Brigands, qui fuyoient, vous attendent. Ce lieu qui les recéle, ce lieu que vous croyez un Port assuré, fameux par cent naufrages, cache encore des Rochers à fleur d'eau.

Le flux impétueux de la Mer seconde le rapide mouvement des rames; déja les Barques, poussées contre les Rochers, se brisent; leurs flancs déchirés s'entr'ouvrent ; & tout ce qu'ils renferment est abîmé sous les eaux.

Toi que l'esprit humain ne sauroit comprendre , voix intérieure des pressentimens qui porte la consolation ou l'effroi dans les ames profondément affectées, toi qui tant de fois as dévoilé l'avenir, toi par qui la sensible Éleinde a prévû tous les malheurs de son Frere, ne serois-tu que le pur effet du hazard ?

Tandis que les compagnons d'Alaric luttent contre les flots pour gagner le rivage, lui ſeul, moins occupé du ſoin de ſa vie que de celle de ſon ami, tantôt plongeant dans les abymes profonds de la Mer, tantôt s'élevant ſur la ſurface des eaux, erre çà & là pour le chercher. Après des efforts longtems inutiles, il s'arrête ſur la pointe d'un Rocher qui domine au loin ſur la Mer, & qui touche à l'Iſle des Saints. De-là jettant des regards attentifs ſur le lieu fatal où flottent encore les débris du naufrage, il découvre la troupe immenſe de ſes barbares perſécuteurs. Les uns couvrent en un moment tout le rivage, fondent ſur les malheureux Oueſſantois, & les chargent de chaînes. D'autres, dans de légéres Nacelles, tournent autour des Rochers, & viennent recueillir leurs débris.

Alaric frémit de rage & de douleur. Il voit le ſort affreux qui menace ſes

Freres : il le voit & ne peut les secourir. Bientôt traînés par les Pirates, ils disparoissent à ses yeux. Tout fuit : les feux s'éteignent : hors les flots de la Mer, tout se tait : le voilà seul sur le Rocher, enseveli dans la nuit la plus profonde.

C'est ainsi qu'il attend le jour, absorbé dans la douleur. Il se rapelle les pressentimens de la tendre Éleinde ; & quelquefois il soupire, & dit, avec de longs sanglots : » O, ma Patrie ! » ô, mes freres ! ô, mon ami ! je ne » vous reverrai plus.... Et vous, ma » Sœur, vous, mes Enfans, qu'allez-» vous devenir ?... Dieu juste ! que » t'ont-ils fait ? Hélas ! nous jouissions » d'une douce paix ; des barbares nous » l'ont ravie. Ils sont en horreur à la » terre ; ils te blasphêment : & nous » t'adorons ! »

Le jour naiſſoit à peine qu'il s'enfonça dans le creux du Rocher. Il deſcendit, par cent détours, dans une Cave immenſe. Elle étoit éclairée par intervalle du côté de la Mer. La ſombre horreur qui y regne, répond à la ſituation de ſon ame. Il veut la parcourir toute entiere. Dès qu'il a pénétré plus avant, des cris perçans viennent fraper ſon oreille. Il court au lieu d'où part le bruit. Il voit un homme vivement attaqué par deux autres. La pitié l'emporte ; il vole à ſa défenſe : préſentant le front, il ſe précipite ſur un des Aſſaillans, & le frape à l'eſtomac. Celui-ci, renverſé le long du Rocher, roule & tombe, en bondiſſant, dans les flots. Son Compagnon effrayé, laiſſe tomber ſes armes, & ſe ſauve à la nage.

Alors jugez du trouble, de la ſurpriſe,

prise, du ravissement d'Alaric. Il voit, il reconnoît Rieux ; il lui parle, il le tient serré dans ses bras, & doute encore si c'est lui. Coment s'est-il sauvé des flots, des Pirates ? Ces cris, cette Caverne, ce combat, tout l'étonne. Il fait cent questions à la fois.

Rieux non moins émû que lui, se livre aux transports de l'amitié ; cent fois il se reproche d'avoir précipité ses bienfaiteurs dans les malheurs les plus affreux ; puis il continue de la sorte :

» J'avois perdu l'usage de mes sens, » lorsque notre Barque échoua contre » l'un de ces Rochers. Je ne sçais si » je fis alors quelques efforts pour sau- » ver ma vie. Peu de momens après, » sans doute, poussé par les flots, en- » velopé des ténébres les plus épaisses, » transi de froid, je me retrouvai la » tête hors de la Mer, & je sentis un

» limon glissant sous mes pieds. Je » craignois également d'avancer & de » reculer. Je croyois toujours que je » descendois dans un profond abyme. » Je prêtois l'oreille au bruit des flots. » J'étendois les bras des deux côtés, » comme pour découvrir dans quel » lieu j'étois. La lassitude & l'effroi » m'ôtoient le courage & les forces. » Il me sembloit vous entendre & » vous voir, vous débattant dans les » bras de la mort. Il me sembloit que » vos Compatriotes expirans, flot- » toient autour de moi. J'occupois » ainsi mon esprit des pensées les plus » vagues & les plus sinistres. Que » l'homme, dans la frayeur, est au- » dessous de lui-même ! Combien il est » humilié de se trouver si foible ! »

» Je suis resté dans cette situation » pénible & cruelle jusqu'à la naissance

» du jour. Alors j'ai entrevû au-dessus » de ma tête, la voûte profonde d'un » Rocher, comme suspendu sur la » Mer. Le froid m'avoit tellement » engourdi les membres, qu'ils é» toient presque insensibles. Je dis» tinguois, non loin de moi, un en» droit élevé du Rocher où venoient » se briser les vagues. J'ai dirigé mes » pas de ce côté. Que d'efforts il m'a » fallu faire ! A chaque pas, retenu ou » poussé par les flots, il falloit ou re» culer ou m'arrêter. J'y suis parvenu » cependant; & m'étant un moment » assis, je me suis occupé des moyens » de sortir de cette prison. »

» Je n'avois ni assez de force ni » assez d'adresse pour en échaper à la » nage. A la lueur d'un jour sombre, » je regardois, dans un abattement » stupide, la vaste profondeur de cet

» effrayant souterrain. J'ai voulu gravir vers les lieux les plus escarpés; » plus je me suis avancé, moins j'ai » espéré y trouver une issue. Une hor- » reur inquiette pénétrant de plus en » plus dans mon ame, quelquefois je » m'arrêtois tout-à-coup, je me re- » tournois en frémissant, je mesurois » des yeux l'espace que j'avois par- » couru, & mes regards se fixoient » sur cette Mer qui doit être notre » Tombeau comun. O, mon ami! » notre danger n'est pas diminué, mais » mon cœur est plus tranquile puisque » je vous revois. »

» Vers l'endroit le plus profond de » la Caverne, l'eau tomboit goutte à » goutte. J'y ai porté mes pas. La » voûte est entr'ouverte, le jour y pé- » nétre. Des cris plaintifs & perçans » arrivent jusqu'à moi. Un faux pas

» me fait baiſſer la vûe. C'eſt du ſang » qui coule de la voûte. Mes pieds en » ſont rougis ; tout-à-coup je ſens » qu'il en tombe ſur mon viſage & ſur » mes mains. Un friſſon mortel me » ſaiſit, mes cheveux ſe hériſſent. Je » veux me détourner, je touche un » bareau de fer, & j'aperçois une » porte taillée dans le roc. »

» Le bruit qui venoit de fraper mon » oreille redouble : je reconnois la » voix de vos Compatriotes. Cher » Alaric ! j'ai crû diſtinguer auſſi la » vôtre. J'entendois le pétillement de » la flamme, leurs hurlemens affreux, » & leurs boureaux qui frapoient & » qui inſultoient à leurs tortures. Je » ne puis me cacher que je ſuis la ſeule » cauſe de vos malheurs. Le remords » & la pitié déchirent mon cœur. » L'horreur le reſſerre ; ma rage &

» ma douleur ſont à leur comble.
» J'aurois voulu éprouver tous leurs
» tourmens à la fois, j'aurois, ſans
» doute, moins ſouffert. »

» Dans ce moment une Barque pé-
» nétre dans ma Caverne, elle eſt
» conduite par trois hommes ; une
» autre la ſuit chargée de nos dé-
» pouilles. »

» Dès qu'ils me voyent, ils font
» éclater une joie barbare. Ils m'a-
» noncent le ſort de mes Compa-
» gnons & celui qui m'attend. Sou-
» dain l'indignation & le déſeſpoir
» me rendent mon courage. Je tire
» mon ſabre, & j'attaque le premier
» qui s'aproche ; frapé ſur la tête, il
» retombe ſur un bord de la Barque,
» qui, entraînée par ſon poids, tourne
» & s'engloutit avec lui. Les deux
» autres vouloient venger ſa mort,

» quand je vous ai vû voler à mon » ſeçours. »

Rieux finiſſoit à peine ces mots que douze Pirates, conduits par celui qui s'eſt échapé, arrivent & fondent ſur eux. Un bâton ferré eſt aux pieds d'Alaric. Il s'en empare, & plaçant au milieu ſa main qu'il agite avec rapidité, les deux bouts, en un moment, forment cent cercles autour de ſa tête & de ſon corps, qui le garantiſſent de toutes parts. En vain ces Brigands armés de longues pointes de fer, ſuivent de l'œil tous ſes mouvemens : D'une main à l'autre ſon bâton, qui fend l'air, vole dans ſes doigts agités, & ſe multiplie autour de lui. Tous les efforts, toutes les ruſes ſont inutiles. Les pierres lancées de toutes parts, retournent & frapent ſes ennemis.

Un d'entr'eux plus déterminé s'élance, au hazard de périr, pour ſaiſir Alaric. Il eſt atteint au front, & la Caverne retentit de ſa chute.

Après ce généreux effort, Alaric épuiſé, ſent ſon cœur défaillir ; ſes genoux tremblent, le bâton échape de ſes mains ; il chancelle & tombe aux pieds de ces barbares. Ils vouloient l'écraſer ſur la place. Rieux le couvre de ſes armes, & le défend contre eux.

Soudain aux cris effrayans qui s'élévent du rivage, leur fureur étonnée s'arrête. C'étoient les Compagnons de Rieux que l'impatience de le revoir, un bruit confus de ſa défaite, & l'ardeur de le ſecourir ont conduit dans cette Iſle. La tendre Sœur d'Alaric, Éleinde, eſt avec eux. Errante autour de la Caverne, parmi les corps demi-brûlés de ſes Compatriotes, ſon cœur palpitant lui fait chercher ſon

Frere, & craindre de le reconnoître.

Cependant les Pirates ont pris la fuite, Rieux, emporté par son courage, les poursuit. Ses Compagnons, qu'il rejoint, le secondent. Les Brigands en tumulte, surpris, attaqués tout-à-coup, s'épouvantent, se pressent, s'entrechoquent, & tombent sous les coups de ces vaillans hommes. Le désespoir ranime alors le courage des vaincus. Ils se rassemblent à l'abri d'un Fossé. Déja ils font tête par tout. Déja leurs fléches volent comme une nuée de Vautours. Déja s'avancent fiérement en ordre ces barbares devenus plus formidables par la honte d'avoir fui. Les Vainqueurs viennent à leur rencontre. Il semble que des murs hérissés de fer, sont poussés par une main invisible, & qu'ils vont se heurter.

Les Brigands trois fois repoussés, oposent des forces toujours nouvelles. Rieux indigné de la lenteur de la victoire, frémit de rage. Son œil étincelant fixe ses Compagnons. Sa voix tonnante les appelle, & son exemple les entraîne. Ses ennemis ébranlés reculent. Leurs principaux Chefs sont foudroyés. Vivement poursuivis, ils courent vers la Mer à pas précipités. Les uns, aveuglés par la crainte, s'élancent dans les flots qui les engloutissent : d'autres échapent à la diligence du Vainqueur, & vont se réfugier à l'autre extrémité de l'Isle.

Rieux vainqueur & satisfait de lui-même, apelloit à haute voix son ami. On eût dit que son cœur l'attendoit pour s'abandonner à la douce ivresse qui suit la victoire. En ce moment parut Éleinde : Cette jeune Héroïne après avoir longtems cherché son Frere, poussée par son désespoir, s'étoit précipitée sur l'ennemi. Elle revenoit de la poursuite des fuyarts, voulant faire de nouvelles tentatives pour retrouver, du moins, le corps d'Alaric. Dès qu'elle voit Rieux, l'indignation & la douleur agitent son ame & sillonnent son front.

» Barbare, lui dit-elle, osez-vous » appeller mon Frere; osez-vous pro» noncer son nom, quand il ne peut » plus vous entendre? Malheureux » Alaric! quel homme avois-tu pris » pour ami? Sans lui, sans ses con» seils perfides tu n'aurois point quitté » notre Isle; tu serois toujours le sou» tien de ton Pays, tu vivrois pour tes » Enfans & pour ta Sœur. Et toi, » fléau des miens, tu t'applaudis sans » doute d'avoir vaincu ces Brigands.

» Que m'importe ta victoire ? Me
» rend-elle mon Frere & mes Compa-
» triotes ? Dieu juste, tu nous as puni
» d'avoir reçu parmi nous des inco-
» nus, déserteurs de leur Patrie ! Ah,
» cruels ! mon Frere vous arracha
» des mains des Pirates, & vous l'a-
» vez fait tomber dans leurs piéges.
» Si vous êtes reconnoissans de ses
» bienfaits, si vos cœurs sont touchés
» de sa perte, aidez-moi à retrouver
» son corps sanglant ; que sa Sœur
» expire à ses côtés, & qu'un même
» bucher les réunisse & les consume. »

Ainsi parloit la tendre Éleinde, & Rieux répandoit des larmes. Ils étoient au-dessus de la Caverne où Alaric avoit perdu l'usage de ses sens. Aussitôt qu'il les eut repris, étonné de se trouver seul, & tremblant sur le sort de son ami, Alaric avoit cherché, pour sortir de la Caverne, la même route qu'il avoit tenue pour y entrer. il vient d'entendre les dernieres paroles d'Éleinde. Il voit encore les larmes de Rieux. Il s'élance dans les bras de sa Sœur, la quitte, & va, tour à tour, de sa Sœur à son Ami.

Que les plaisirs qu'ils goûtoient étoient vifs ! mais qu'ils furent de courte durée ! On s'embarqua sur le champ, & bientôt Alaric & sa Sœur tournant leurs regards vers leur Patrie, ne purent étouffer leurs sanglots. L'Isle d'Ouessant n'étoit plus habitée que par des Femmes & des Vieillards, qu'on eût pris pour de pâles phantômes errans sur le rivage. On y débarque la Sœur & le Frere. Les Compagnons de Rieux ne vouloient point s'y arrêter. Les Insulaires s'en apercevant, ce fut alors que leur désespoir éclata.

Ils alloient rester à la merci des Brigands. Les Enfans, tout en larmes, se rouloient sur la terre, & jettoient des cris perçans & douloureux. Les Femmes immobiles & muettes, prosternées près d'eux, les serroient entre leurs bras. Quelques Vieillards vouloient se donner la mort. D'autres, en tendant les mains, demandoient, pour toute grace, qu'on les transportât du moins dans une autre Isle. Alaric & sa Sœur, au milieu de ces infortunés, levoient un front tranquile & regardoient les Gentilshommes Bretons d'un œil aussi dédaigneux qu'intrépide. Rieux se retourna vers ses Compagnons, & laissant tomber des regards touchans sur cette scéne de douleur.

» Vous voyez, Amis, le désespoir » affreux où ils sont plongés. Privés,

» pour jamais, de consolation & d'a-
» pui, privés de tout ce qui peut être
» cher sur la terre, tous les tourmens
» du cœur ils les éprouvent, &, pour
» comble d'horreur, ce foible trou-
» peau d'Enfans, de Femmes & de
» Vieillards sçait que bientôt il va de-
» venir la proie de ces mêmes Bri-
» gands, auteurs de son désastre. Plus
» leur défaite a été honteuse, plus la
» vengeance qu'ils exerceront sera
» cruelle & sanglante. Nous le savons,
» & nous serons assez ingrats pour
» abandonner, dans ce moment, des
» bienfaiteurs innocens & malheu-
» reux. Quoi! vous n'aurez combattu
» leurs ennemis qu'après la destruction
» de cette Isle, & vous vous croirez
» quitte envers eux? Eux! chez qui
» vous avez joui de tous les droits de
» l'hospitalité. Eux! qui vous ont pro-

» digué tout ce qu'ils possédoient.
» Vous ont-ils obligé par reconnois-
» sance ou par humanité? Ce que vous
» avez fait pour eux étoit un devoir.
» Ce qu'ils ont fait pour vous en étoit-
» il un ? Et pour qui encore les aban-
» donnez-vous ? Est-ce pour des per-
» sonnes qui vous soient plus chéres ?
» Retournez-vous dans votre Pays,
» au sein de vos familles ? Y allez-vous
» remplir des devoirs indispensables ?
» Non. Vous ne marquez tant d'em-
» pressement de les quitter que pour
» passer dans une Nation étrangere
» où rien ne vous apelle. Et (ce que
» je ne sçaurois voir sans horreur)
» quand vous les abandonnez, c'est
» pour aller offrir vos services, pour
» aller prodiguer vos travaux & votre
» sang.... à qui ? le dirai-je ? aux plus
» cruels ennemis de votre Patrie, aux
» Anglois

« Anglois. Nous avons pû, je l'avoue,
» nous laſſer de voir ſi mal récompen-
» ſer nos ſervices. Cruellement op-
» primés par des ennemis puiſſans,
» réduits même à la fuite pour nous
» ſouſtraire à leur injuſte perſécution,
» nous avons pû, ſans crime, vouloir
» nous jetter chez un Peuple voiſin.
» Mais ce Peuple eſt en guerre avec
» les François, & Soldats par la naiſ-
» ſance, notre reſſource unique eſt
» notre épée. On nous verra donc
» revenir dans notre Patrie pour y
» porter la déſolation & la mort.
» Quel fruit en eſpérons-nous ? De
» nous venger ſur des Compatriotes
» innocens de ce qu'on nous a fait,
» ſur des proches, ſur des amis qui ont
» pleuré nos malheurs, qui gémiſſent
» de notre abſence. Sommes-nous
» Gentilshommes ou mercenaires ?

» Est-ce l'honneur ou le profit que » nous cherchons ? Insensés ! où trouverez-vous l'un & l'autre ? Vous ne » connoissez donc pas la force des haînes nationales? De quel œil nous verra l'Anglois rangé près de nous sous » le même Drapeau ? Plus nous nous » signalerons par nos exploits, plus la » honte de notre trahison éclatera, » plus nous exciterons l'envie, la haîne & le mépris. M'en croirez-vous ? » Renonçons à un projet, formé dans » un premier mouvement de colere, » que le repentir suivroit, & qui, sur » tout le reste de nos jours, répandroit » la honte & l'amertume. Hélas ! n'est-ce pas assez d'être malheureux, sans » être encore criminels ? Mais que dis-je ? Malheureux ! Eh ! qui peut nous » forcer à l'être ? Nous oblige-t-on à » courir les Mers, à nous aller avilir

» aux yeux de l'Anglois ? Ah ! ſi l'inno-
» cence & la liberté, ſi des plaiſirs purs
» & tranquiles font la félicité ſur la
» terre ; pourquoi les aller chercher
» ſi loin ? Que ne reſtons-nous dans
» cette Iſle ? Oui, mes amis, reſtons
» ici, pour y braver les injuſtices des
» hommes, pour y rire en paix de leurs
» folies, & pour y reſpirer la liberté.
» C'eſt ici que nous trouverons des
» Citoyens & des Compagnes vrai-
» ment dignes de nous. La Nobleſſe
» la plus ancienne eſt la Vertu. Eh !
» que nous importent ces titres vains
» que la naiſſance & le hazard nous
» ont donnés ? Que nous importent
» ces honneurs prétendus qui s'ac-
» cordent moins au mérite qu'à la fla-
» terie, & qui ſont plûtôt des marques
» d'eſclavage que de grandeur ? Amis,
» cette terre eſt fertile : elle nous ſuf-

» fit. Plus d'ambition. Plus d'amour » pour les richesses. Vivons en co- » mun. Restons égaux : & soyons » justes. »

Il dit. Le ton imposant de sa voix, son air fier & animé retenoient ses Compagnons dans un profond silence. Son discours les avoit d'abord abatus, éblouis, comme quand la foudre éclate au milieu des éclairs. Bientôt des larmes de joie coulent de leurs yeux attendris. Ils courent l'embrasser : &, d'une voix unanime, ils remettent leur sort entre ses mains.

Alors il fut décidé qu'ils resteroient dans l'Isle d'Oueſſant, qu'ils s'uniroient aux Filles de ces respectables Vieillards. Ils aprirent à cultiver la terre, à s'exercer à la pêche, & à construire des Barques. Ils voulurent que l'entrée de leurs Cabanes fût libre, même aux heures du ſomeil. Ils laiſſerent les Troupeaux errer ſans guides au milieu des gras pâturages. Ils n'ont recommandé que trois choſes à leurs deſcendans, l'égalité, la continence & la frugalité.

La premiere Cabane qu'ils élevérent fut, en même tems, le Sanctuaire des Loix & le Temple du Créateur. Un Trône eſt au milieu, où, ſur des Tables conſacrées, ſont les points fondamentaux de la Morale. Ces Tables ſont leur premier Souverain. Les Vieillards, qui ſeuls ont le droit de les lire au Peuple aſſemblé, ne peuvent obtenir que du reſpect, & jamais de pouvoir.

Alors fut bornée l'autorité paternelle. * A ſeize ans le fils eſt libre.

Je ſçais que dans un Pays tel que le nôtre, le peu d'autorité des Peres ſur leurs Enfans,

L'État y gagne un Citoyen, & le Pere un Ami.

Dans la Fête qu'ils célébrerent au jour de leurs mariages, le Ciel & leurs Compagnes reçurent leurs sermens à la lueur d'un vaste Bucher dont, chaque année, on renouvelle la mémoire. Là furent consumés, avec joie, ces titres pompeux, foible aliment de la vanité des Nobles, garant plus foible encore de leur mérite.

Là, prenant des noms convenables à leur nouvel état, ils firent un serment solemnel de cacher aux Enfans qui naîtroient de leur mariage, le nom même de leurs Ancêtres.

C'est parmi les Vieillards les plus

est une des premieres causes du relâchement des Mœurs : mais qu'est-ce que cela conclut pour un Peuple chez lequel on a coupé la racine du mal ?

recommandables que ſont choiſis les Miniſtres des Autels. Ils portent des regards attentifs ſur ceux qui fuient les chaſtes nœuds du Mariage ; perſuadés qu'un Célibataire eſt un objet de ſcandale, quand il n'eſt pas un modéle de vertu.

Depuis pluſieurs ſiécles ſubſiſtent ces Loix ſages dont la nature elle-même jetta les premiers fondemens. Heureux Oueſſantois ! ne craignez ni pour vos Loix, ni pour vos Mœurs. Libres & dépouillés de toute eſpéce d'intérêt, & nos maux & nos vices vous ſont étrangers.

O que mon cœur vous porte envie ! C'eſt vous qui conoiſſez les plaiſirs purs de l'ame. C'eſt dans des cœurs tels que les vôtres, que ſe forment les chaînes indiſſolubles de l'Amour & de l'Amitié.

FIN.

LA MUSIQUE,

avec accompagnement

DE HARPE, &c.

PAR M^{R}. M....Y.

Duo.
Ir. Violon
Andante amoroso
2e. Violon
Cloé
Daphnis
Ma Clo_e je ne
B. C.
sçais quel charme semble at ti -

Mon cœur em-
rer mon cœur à toi
porté malgré moi Eprouve un plai-

sir qui m'al-lar-me
Cepen-
dant aux traits de l'a-

mour Il est toujours in_nac_ces -

C'est toi qui le rendroit sen -

si_ble

sible Si je pouvois ai.mer un
jour Ah Daphnis que ta voix est
Ah Clo_ _e que ta voix est

tendre Et que tes re_gards
tendre Et que tes re_gards
Petite Reprise
sont tou chans. Ah sus_pens
sont tou chans. Ah sus

Ah sus -
pens suspens tes ac - - - cens - - - -
pens suspens tes ac - cens, sus -
sus -

pens tes ac-cens sus-pens
pens tes ac-cens sus-pens
tes ac-cens J'ai trop de plai-
tes ac-cens J'ai trop de plai-

sir à ten ten
sir à ten ten
dre Jai trop de plaisir à ten ten -
dre Jai trop de plaisir à ten ten -

dre J'ai trop de plaisir à ten
dre J'ai trop de plaisir à ten
ten - - - - dre.
ten - - - - dre.

Viol
Heureux troupeaux dans la prai-
B.C.
rie Vous paissés l'herbe fleuri-e
etgoutez un doux repos. On n'entend

point vos plaintes vaines Fatiguer l'Echo
nuit et jour Hélas! vous connoisses l'a
mour Et vous en ignorez les peines.

Que vo.tre son me fait en vi.e Les dou-
cœurs de votre vi.e Redoublent mes
maux encor. l'Echo redit mes plaintes

vaines Je brule et gemit nuit et jour Hé-
las je n'ai connu l'a-mour Que pour

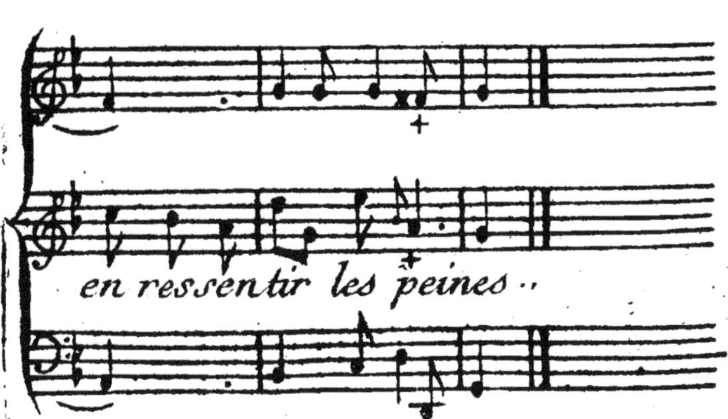
en ressentir les peines..

www.ingramcontent.com/pod-product-compliance
Ingram Content Group UK Ltd.
Pitfield, Milton Keynes, MK11 3LW, UK
UKHW021536260726
13993UKWH00002B/528